JN069379

句集 わかな

Wakana

茨木和生
Ibaraki Kazuo

朔出版

句集　わかな　目次

句集　わかな

令和三年

九十二句

松二本立てて年縄掛けにけり

あらたまの星の輝き山の上

雪固めしたる畦ゆく小正月

山で掘り来たる野老を飾りけり

崩れたる雲より降りて春の雪

酒飲んでゐたり猟期の終りとて

わが家にもきて山椒喰鳴きにけり

草餅を啄みゐたる鴉かな

昼までも残りてゐたる春の霜

若草の中の薬草探しけり

妻がゐるやと春の夜の空仰ぐ

雨上がりたる後に出て春の星

奥山に迷ひ来てゐし孕み鹿

岩あれば岩に春潮崩れけり

黄塵の去りたる島の空青し

苗売の地べたに店を広げけり

岩をせり出して咲きけり山桜

切岸に残れる一樹山桜

一軒の家種案山子立てゐたり

植物園内も崖崩え蝮草

山藤の花咲く一樹のぼりつめ

春惜しむ平群の山を歩き来て

風強く明けたる八十八夜かな

鮴汁の暮石好みの味といふ

蛇の衣切らずに木よりはがしけり

昨日見て今日あらざりし梅雨菌

直越の道上り来て百日紅

白南風や沖遠くまでよく見えて

濁りたる川も梅雨明け近づけり

陵の濠の澱みを夏の蝶

かつて海なりし社の茅の輪かな

亡き妻が選びてくれし夏帽子

一本と言ひて生簀の鰻買ふ

引潮の音高まりて草いきれ

日焼の子さらに日焼けて戻りけり

無縁墓灼け青々の墓も灼く

青々もここにて聞きし時鳥

泳がせて売る水軆を選りにけり

太陽に近く大樹の合歓の花

蘆を刈り開けたる鮎の釣場かな

黄槿（はまぼう）の花咲く家の前に住む

焼酎を飲みここここと鶏を呼ぶ

立秋の雲見てをれば安らげり

よきものよ盗人萩のくれなゐも

ひよこひよこと盆道降りて来られけり

山砂を墓に運べり七日盆

なくなれり盆の押しかけ念仏も

送火を大きな楡の樹下に焚く

八朔の田に大声を放ちけり

山に触れ崩れ越え来る秋の雲

妻がゐずなりて食べざるむかご飯

鬼百合につきゐたる実も零余子といふ

一山を越えくるひびき威銃

崖崩えてゐたる山田の稲稔る

稲刈機止めゐて稲を刈りをらず

名刹の裏山に掛け猪の罠

吾に道問うて来にけり地蜂捕

萎れたる花が多くて曼珠沙華

樹々の間の霧も流れてゐたりけり

茶道具を商ふ店の秋簾

わが家の上に寄りゐる帰燕かな

木を伝ひ下りて来てをり秋の蛇

秋の森子どもの声に満ちゐたり

ビニール袋一枚持ちて菌狩

菌狩夜明け前には山に着き

ひからびてをり切株の毒茸

秋茄子の色もさすがの峠かな

流れより速く吹き来て秋の風

年寄の達者が寄りて萱を刈る

声高き小鳥の寄りて来たりけり

見上げゐる高さにありて秋の雲

落鮎が逃ぐる天好園の溝

岬なせる島のなき沖月上る

毬ついてをらざる栗を拾ひけり

川沿ひに竹林延びて竹の春

大鯉の遡る花野の流れかな

湖の強き波立ち冬来るか

空家の硝子戸暗く冬ざるる

笑顔良き三人姉妹七五三

水音は空へ抜けゆく冬紅葉

投石の滝までの道雪積もる

冬の滝崩れ流れて落ちにけり

崖道を下り来る人に冬日差

凍滝の道を無理せず戻りけり

救急車停まりてをりし雪の坂

馬穴にて捕れし氷魚を運びくる

空家の張替へられし白障子

狐罠仕掛けて来しと酒飲めり

持込みの酒のいろいろ薬喰

現れて現れて消ゆ狐火は

足腰の弱りしたたか年の暮

赤土を二鍬のせて葱囲ふ

令和四年

九十五句

ぶつ切りにしたる猪入れ雑煮炊く

御供への酒が多くて初詣

雲切れて新年の山かがやける

歳神を讃ふる吉書束ねけり

土壁を塗り替へし蔵蕗の薹

巣離れの鮒を釣らんと人寄れり

2022年2の六つ並ぶ日、木割大雄さんが来訪

2月22日のがんばれといふ色紙かな

甘きもの好きになりたり春の雪

倒木に残りて解けず雪残る

差し来たるひかり雪代岩魚跳ぶ

春の雲電柱に人働きて

巣作りの雀遠くに飛びゆかず

夜のうちに春一番の過ぎにけり

酒星を探せり妻の星かとも

穴出でて蝮動かずゐたりけり

海鳥のこゑを人かと四月馬鹿

試しにと作りてうまし鮒膾

常節を拾ひてゐるといふ人も

山桜雨をふくみて咲きゐたり

咲きのぼりつめて残れり山桜

久しぶりなり天好園の山桜

床の間に活けたる花も山桜

独活和の山椒の強き香の立てる

山の池田螺の残りゐることも

峰なして雲育ちくる若葉かな

寺々の屋根輝きて花石榴

妻仕舞ひたる夏服を出しにけり

花を摘むごとく梅雨菌にかがむ

妻がゐずなりて目高を飼ひ始む

自転車を単車を上げて藻を刈れり

蛇の子と差し出したれど驚かず
園内を巡れる水に蛭泳ぐ

ういてこいこちらをむかずうきにけり

本殿は高きにありて雲の峰

日雷大きなひとつ来たりけり
くちなはも出でざる暑き日の続く

雨上がり来し明るさに時鳥

百日紅強き日差を受けゐたり

流れより風吹き上げて青嵐

ふところに入れ持ち歩く蛇の衣

雷や中上健次の夢に覚め

一本が採れて満足早松茸

流れゆく雲の速さも秋めけり

蜩の鳴く樹々イタリア料理店

鎌持って山に入り行く七日盆

迎火を妻のためにと焚きにけり

盆過ぎの丹波太郎も衰へず

秋日傘大阪弁の二人かな

幹太き樹々が揃へり小鳥来る

来て欲しと思ふ小鳥に緋連雀

秋のあめんぼ川砂の明るくて
刈り倒しゐたるもありて曼珠沙華

山頂に近き平は萱場なる

濁流の上に帰燕の集まれり

沈まざる木の実沈みてゐる木の実

崖のぼり来て猪の田を吹けり

色づいてゐたるもありて糸瓜棚

千振の苦さ知る人誰もゐず

手伝へと夜庭に連れ出されてゐたり
光りつつ空高くまで穂絮とぶ

大花野妻の遺影に見せにけり

カナダ産きのこを使ひ茸飯

妻遺しゐたる菊枕をつかふ

一町歩ありたる田なり紫雲英蒔く

秋茄子の色深まりて来たりけり

尾根筋に伸びて輝かなる紅葉

陵に飛びゆく秋の雀蜂

秋夕焼列車を待つてをりたれば

切岸の日暮れ素早き九月かな

蔵壁にででむし細見綾子の忌

裂膾うろこ残さず取りゐたり

鏽鮎の池に落石流れ込む

家建てり昔松茸取れし地に
毒菌ところかまはず出てゐたり

山々の高くに見えて冬近し
初猟の猪二頭とはめでたけれ

空深くして黄槿の返り花

食べてみたきもののひとつに氷魚飯

冬の日の広がる行者道歩く

ねんねこを知らざる母の多きこと

山畑の畝間落葉を入れ足せり

地に落ちて翅打ちをらず冬の蝶

水音の絶えざる冬の山歩く

家近き崖下の田に落葉かな

凍りをり天然水といふ水も

滝たたき続けてゐたり冬の風

沖へ高まる湖の冬の浪

湖の寒さを言ひて戻りけり

金目鯛かつて外道でありしかと

年の暮遺影の額を拭きにけり

名山の裏側に来て薬喰

日当たりて来たる狩座見下ろせり

大寒の青空最後まで見えず

五六羽のかたまり移る寒雀

湖の上の日差も春近し

令和五年

七十二句

山高く来て初星を仰ぎけり

足冷えてきて戻りたる初詣

一月の湖荒れてゐたりけり

春寒し湖の沖崩れゐて

立春の朝日机上に受けにけり

誕生日祝ふごとくに春の雪

紅梅の影土壁にありにけり

火を持つて御燈祭を下りたしや

春雪に折れたる竹を伐り出せり

旧道の土手なんぼでも蕗の薹

山越えの雲は崩れて春嵐

妻のゐぬことを忘れて田芹摘む

囀とならず鳥声終りたる

虫出しの雷磐座にひびきけり

草餅を搗き待ちくれし天好園

独活和の小皿を妻に供へけり

うららかや火づくりに石寄せてゐて

よかった！　袴田巖さん

再審は何より春の沖晴れて

猫ぎらひにも猫の子の寄り来たる

花芽ふくらむ山陵の山桜

山桜人を寄せずに咲きゐたり

散りはじめたる樹もありて山桜

老人と呼ばれて不満桜狩

春星を仰げり妻が亡くなりて

子持ち鮒身を横にして泳ぎけり

湖にかたまり出でて春の星

筍をこまかく切らず炊きにけり

麦秋や遠くの海の輝きも

傘厚くして梅雨菌崩れゐず

山に入りゆけば蛍を捕ることも

四五年も蛍入れざる蛍籠

青空の残りてゐたり日雷

虎杖の花に崖道明るめり

梅雨明くる益々竹が広がりて

遺影ふところに茅の輪をくぐりけり

日盛の井戸の大きな木蓋かな

うなぎ石漁の石組造りをり

荒刈をしたる切岸草いきれ

命あるもののごとくに滴れり

老鶯や日差は空に広がりて

山越えの声がきはやか時鳥

今朝秋の山々に雲立ちにけり

蜩が鳴けり杉の木広がりて

日に充ちて空明け来たる守武忌

葛の花田まで伸び来て咲きゐたり

深吉野の夜の砧を打ちくるる

秋暑し鴉の糞が崩れゐて

女生徒の四五人かがむ葡萄棚

秋の蟬額に当たり来たりけり

潮差し来たる湖水の秋

秋澄むや日の暮れてゆく海を見て

畝づくりしたる畝にも曼珠沙華

さつまいも棚田に広がりてゐたり

雲切れて来たる日の暮観月会

鹿火屋知りゐたる一人も亡くなれり

樹々高き研究林に小鳥来る

神々を崇め入りゆく菌山

ここにあるここにもあると菌狩

抜きし稗持ちゐて畦を戻りけり

石積みの美しき田の稲刈れり

古墳なり刈田の中に繁れるは

秋茄子の小粒ながらに輝けり

食べらるる木の実を選りて拾ひけり

伊吹山こまやかに見え天高し

畦道をとるうれしさも道詮忌

青空の広がり飛べり赤蜻蛉

首立てて猪走り来たりけり

にぎはへり戻り鰹の獲れたると

童女らの声秋晴を駆けて来る

杖ついて来る人をらず秋の杜

秋の暮濁り引かざる川流れ

山覆ふ雲の去らざる秋の暮

句集　わかな　畢

あとがき

句集名の「わかな」は次男衛の次女の名で、現在、中学三年生である。第十四句集『潤』以降同様、句集名として「わかな」の名前を残したかったまでである。

この句集『わかな』は私の第十七句集である。師と仰ぐ山口誓子先生が上梓された第十七句集を一つの大きな目標として、これまで作句に励んできた。句集の数としての目標は達成したが、同じく師と仰ぐ右城暮石先生が「一所懸命句を作り、一所懸命選句をし、一所懸命生きる」と言われたように、師に一歩でも近づいていけるよう、これからも力の限り作句に取り組んでいきたい。

私には最後の孫で、次男の三女「さやか」の名を句集名として残したいという目標もある。新型コロナウイルス感染症もようやく落ち着き、外出することができるようになった今、この目標に向けて作句しはじめている。
発刊に当り、畏友宇多喜代子さんより帯文を頂いたことは望外の喜びである。併せて、「運河」俳句会の谷口智行主宰、田邉富子天水集同人に大変お世話になった。ありがたいことと深謝している。

令和五年七月吉日

茨木和生

著者略歴

茨木和生（いばらき　かずお）

昭和十四年　奈良県大和郡山市生まれ。
昭和二十九年　奈良県立郡山高等学校一年生の時、右城暮石選の「朝日大和俳壇」に投句。
昭和三十一年　右城暮石創刊の「運河」に入会。続いて山口誓子主宰「天狼」入会。
平成三年　「運河」主宰を右城暮石から継承。
平成九年　『西の季語物語』で第十一回俳人協会評論賞受賞。
平成十四年　第七句集『往馬』で第四十一回俳人協会賞受賞。
平成二十六年　第十一句集『薬喰』で第十三回俳句四季大賞受賞。
平成二十八年　第十二句集『真鳥』で第三十一回詩歌文学館賞受賞。
平成二十九年　第十三句集『熊樫』で第九回小野市詩歌文学賞を受賞。

受賞作のほか、句集に『木の國』『遠つ川』『野迫川』『丹生』『三輪崎』『倭』『畳薦』『椣原』『山椒魚』『潤』『恵』『みなみ』『季語別　茨木和生句集』『自註現代俳句シリーズV期　茨木和生集』、エッセイ集に『俳句入門　初心者のために』『俳句・俳景　のめ』『季語の現場』『季語を生きる』、編著に『松瀬青々』、共著に『日本庶民文化史料集成第五巻』『旬の菜時記』などがある。
また、『古屋秀雄全句集』『定本右城暮石全句集』『松瀬青々全句集　上・下巻』『松瀬青々全句集　別巻青々歳時記』などの編集・監修に取り組む。

現在、「運河」名誉主宰。同人誌「紫薇」同人。
公益社団法人俳人協会顧問。大阪俳人クラブ顧問。大阪俳句史研究会顧問。
日本文藝家協会会員。

連絡先　〒六一〇－〇三五一　京都府京田辺市大住ケ丘四－二六－九　茨木　衛方

句集　わかな

2023年10月1日　初版発行

著　者　　茨木和生

発行者　　鈴木　忍

発行所　　株式会社 朔(さく)出版
〒173-0021　東京都板橋区弥生町49-12-501
電話　03-5926-4386　　振替　00140-0-673315
https://saku-pub.com　E-mail　info@saku-pub.com

装　丁　　奥村靫正・石井茄帆／TSTJ
印刷製本　中央精版印刷株式会社

ISBN978-4-908978-94-4　C0092　¥2600E